歌集

春耕

高阪謙次

青磁社

春耕＊目次

ひとり居　2012～2014年

年度手帳　２０１４～２０１６年

夕あかね雲　２０１６～２０１９年

時の記憶　２０１９～２０２２年

高阪謙次歌集

春耕

ひとり居《ゐ》

２０１２〜２０１４年

冬の夜

咳ひとつのこして誰かが通りたり丑三つ時のおもての路を

だれひとり来る人もなくこの一日《ひとひ》　一人芝居のごとく過ごせり

就職の決まりし学生　目じるしは黒が茶髪にもどりゐること

「ちちははは今ぐだぐだ」と卒業を前にゆがみぬ教へ子のかほ

これはいい名古屋市短歌会館のまんまへにわが帰宅のバス停

おほかたは男《をのこ》と女《をみな》がつがひにて寝につく時にひとりねむるか

一人ではゐるなと言ふあり一人して生きろと言ふありどちらも分る

やうやくに爪研ぎ板で爪を研ぐことを覚えしミミにご褒美

右前の足をテーブルにちよんと掛け刺身をひと切れちやうだいと言ふ

ボタン押しまたお眠りの横の人「お降りのかたは」と運転手の聞く

不如帰も夜鷹も鳴かぬ冬の夜はもだし寝るべし枕いだきて

日帰り温泉

わが脳の輪切り画像を指しながら年相応となぐさめくれたり

混みあへど土日の日帰り温泉は幼らおほぜい来るが楽しみ

迷惑を気にして赤子を連れゆけり泣き声をもつと聞きたかつたに

湯の中のあにいもうとが大声で五十かぞへてさつと去にたり

子のころは怖れをりたる電気風呂いま強パルスにて肘・腰いやす

妻逝きてひととせのちの境内に梅のつぼみのほどけそめをり

早春の畑で老いがかろやかに鍬の刃先で風と土切る

春耕

をちこちにくしやみとりどり聞こえきて目鼻ぐちやぐちや春は来にけり

牧水公園

日向路を走れば今年の初つばめ前よこぎりて「来たよ」と挨拶

うぐひすとかはづとすずめのみ聴こえ川南《かはなみ》湿原われひとりなり

谷むかうの生家を見つつ蕎麦を食むはろばろ来たれり牧水公園

医の家といふゆゑ街と思ひゐしが生家はしづかな山里のなか

若山姓の坪谷《つぼや》にありしは牧水の祖父から三代限りと聞きたり

ＴｏＤｏのメモを無くしたこの夜はこの日の結末《けり》がすつきり付かず
看護師のあやすがごとき問ひかけに不機嫌さうに返事してみる

素つぴん

恋ばなやガールズトークの花盛りゼミ合宿のコンパの時間

素つぴんをわれには見せても平気なりゼミ生全員けさは素つぴん

七日ほど飛びまはりゐるこの蠅はわれになつきて叩きもできず

長男の妻の祖父、白寿で逝去

わつはつはとおなかで笑ひし元太郎さん人生とぢたり　ゆふぞら茜《あか》し

フローではまだまだいけるがストックはからつきし駄目わが脳昨今

ことのほかよく鳴きてをりことのほか厳しき夏に生《あ》れし虫たち

ひと通りにしか生きられぬお互ひに膝で寝るミミ本を読むわれ

突然に降りはじめたる夜《よ》の雨の音あふれたり音なきよるに

築六十六年

頚椎間板三個がつぶれ肋骨は左右非対称　築六十六年

ひさびさの新横浜の駅頭のあづまの人の歩速にくらみつ

着かざりのにぎはふ池上本門寺、香《かう》と読経の七五三なり

緊張の面もちでもて経を聴く七葉《ななは》七歳、新《あらた》の五歳

青茅《かりやす》の茂りをりたる里ならん夕暮れはやき郡上市刈安

わが生きし年の分だけこの国に戦さなかりき永く続けよ

もたれゐる街灯ぷるぷる震へきて足もとゆけり地下鉄東山線

「忘れ物した」と改札ひき返しなじみの暖簾をいそいそくぐる

答志新港

波止、船着き、筏、台船それぞれに魚《うを》ひそみゐる答志《たふし》新港

潮の良く風おだやかな日和にて五目《もく》三十の釣果をめざす

くんとした当たりそのまま際底《きはぞこ》へぐうんと斜めに引き込むカサゴ

餌を深く飲み込み針をはづす手間かかれどフグはリリースをする

台船のはしのポイントゆふまぐれ穴子九匹入れ食ひしたり

燐光が海底《そこ》にゆらめきだしたから竿をさめむかメバルの夜釣り

ちちははよ妻よ今年もこの娑婆じや山笑ひそめ山菜うまし

山ざくらと山つつじとがきそふ丘　山のつく花あはくうつくし

ひとり居の朝《あした》の儀式　豆を挽きコーヒー一杯とろとろ淹れる

この時節けやき並木はふぞろひで芽吹きたるあり裸木のあり

影さむし日向はぬくし春風に吹かれてあゆむ名古屋のビル街

洗濯ネット

席一列ケータイいぢくる地下鉄はエンドロールかこの世の果てへの

ひと一人ねこ一匹の棲まふ家その人匹《にんぴき》にて家よごれきぬ

朝八時に出かけるごとにおとなしくミミも出てゆく掃き出し窓から

悪天の日は屋外におかれるをいやがるミミはもうお婆さん

指示どほり洗濯ネットにミミ入れりやおとなしかりしよ動物病院

ストレスが脱毛の因と言はれたり気づかずにゐたミミの心労

猫餌《ごはん》にはちよいとまじなひ胡麻ほどの白き薬を一粒まぜたり

きのふから藪蚊一匹家《や》の中にひそみて時をり刺しに出でくる

三毛子猫

弟《おと》、十《とを》を三色スミレで見舞ひたる十五《とをいつ》うへの姉も老いたり

つねになく教科書ひらく学生のおほし試験期地下鉄のなか

入院を他のきやうだいには伏せよとぞ兄貴の意固地病みても変はらず

〈特選〉の影には亡母《はは》のひと筆の加勢もありき夏休みの絵

さんま焼く匂ひながれて虫が鳴くバスを降りればわが街は秋

街灯にぽかり照らされ三毛子猫うづくまりゐる道のま中に

コンパクトIWATANIカセットフーあがなひ土鍋でつつくひとり寄鍋

一匹がさまよひ歩けり玄関を死に場所もとむか冬のこほろぎ

二〇一三年十二月三十日　妹の夫逝去

妹のやつれがはげし連れあひの癌に苦闘の最期をみとりて

生家失せクルマ置き場に変はりしをグーグルは見す航空写真に

花かつをの踊る鉄板焼きそばのじゆうじゆういふを喰らふ大寒

止ノ鼻

定年後は何をしようか少なくとも短歌《うた》だけはある　あとは分からぬ

コロニーとふ言葉にひそむ差別感知らずや〈愛知県春日井コロニー〉

レトルトはありがたきかなひとり居の風邪の食卓ささへくれをり

行くたびに林先生は念を押す年相応は二日に一合

地下鉄の座席でうつとり見つめ合ふ野郎のはうを蹴飛ばしたくなる

四十三度ゼミ卒業生を見送れり残りは一度それで打ちどめ

二〇一四年五月十七日　姉逝去

病院に見舞ふ日のあさ忽然と十五《とをいつ》うへの姉は逝きたり

息のあるごとき姉貴の死に顔の鼻腔の形は亡母《はは》にそつくり

髪の毛のわづかの乱れをなでやるに姉の頭は冷たかりけり

止《とめ》ノ鼻《のはな》の先のおほうなばらの面《も》に姉の遺骨を散らしおくりつ

一日中家にゐたれば翌朝の出かける徒歩のややぎこちなし

「地ならしに出かけてくる」と下駄鳴らし亡父《ちち》は夕ごと散歩に行きき

失せ物の多かりしわれに亡き母は「ひとつ命は忘れてくるな」と

春、風やはし

人間は胎内に育ってから外界に生み落とされるゆえに、外界は即自的なふるさとたりえない。

——上田三四二『短歌一生』より

昭和二十年五月にいたる五度の米軍大空襲により、名古屋の市街は壊滅した。

あとかたもなく市街地が焼けしころ母にやどりし私のいのち

戦争がをはつて一番いいことは空から鉄のふつてこぬこと

戦争がをはつたあとも悪いこと　とにかく食べる物の無いこと

焼夷弾《ナパーム》に焼かれし離れはとりこはし俄か農園、かぼちゃがおかず

坪庭の防空壕の穴跡は生け簀となして鮒など飼ひしと

父や、学童疎開から帰つてゐた兄などは、西の水郷地帯に蛋白質を求めた。

所場代を払つてちちはは団子売り名古屋駅西　椿神社のよこ

戦時下に失職の父は築港で糠蝦《あみ》・海水を採り団子つくりつ

築港：名古屋港の当時の通称。海はまだきれい。配給の塩の不足を海水で補った。

うす紅と潮の香りの〈アミ団子〉立ち売りなれどヤミ市人気に

西春《にしはる》の農家へ母は買ひ出しにこはい経済《けいざい》監視官にあふこともなく

昭和二十一年の春、風やはし　私のうぶごゑ米野のいへに

たらちねの母に乳出ず豆腐屋の黒田の豆乳われを育てつ

立ち歩くことの遅れし私にて「おゐざりさん」に動きしといふ

米野小の同期はみんな空襲のもと生を受け生きのびし者

DDTを髪に背中にふりまかれ笑ふ子泣く子一年三組

給食の脱脂粉乳《だつぷん》やをら鼻つまみ飲むやらそつと横へゆづるやら

青涛《あをつぱな》ふきて袖口てかてかの友もゐたりき　めづらしくもなし

小三の一《いち》の思ひ出学芸会おほごゑうれしき〈ふじのやま〉のうた

西方《せいはう》の田園地帯で鮒、諸子《もろこ》、泥鰌、蝲蛄《ざりがに》、われいさりびと

大型爆弾の爆発跡はすり鉢状〈ばくだんいけ〉ではぜつたい泳ぐな

猩紅熱で宇宙の果てをさまよひき　あとにのこりし心臓弁膜症

かけつこの授業は原則見学で校庭のすみ、われやまひの子卒業の祝ひに辞書のふく先生「こちらのはうでがんばりなさい」

小学校のわたしの担任みなをみな　どうしてなのと母に尋ねき

中高のをとこの教師におほかりき　鳴けない燕、凍てついた鶴

年度手帳

２０１４〜２０１６年

ストリートビュー

根拠なき自信を持ちて君話しわれうなづきぬ　それもあるなと

行つたことなき君の家ながめたり気が引けつつもストリートビューに

全国の書店を苦境に追ひ込みしＡｍａｚｏｎの拠点が近くにできたり

Ａｍａｚｏｎの働き手乗せ貸切の〈アマゾン〉行きバス多治見を走る

三十年ぶりにのぼりし長谷寺におなじ薫りの風わたりをり

ゆくりなく沼空の歌碑にであひたり宿から散歩の大神《おほみわ》神社に

ブラシ入れピンクの首輪を付けたればミミはどこかのお嬢となりぬ

〈夜の女王のアリア〉のごとくおしやべりが弾け舞ひゐる母娘《ははこ》三人

暑ければ足は自然と地下に向くさうさね名古屋は地下街のまち

油蟬の羽根が一枚ひらひらと落ちきて頭上に夕鴉啼く

海ひとつ向かうは気まづき国なれど遠《とほ》つ祖《おや》らのわたり来し陸《をか》

めくじら

かみなりに撃たれ若者ひとり逝き今年の夏もまもなくをはる

暴風に囲はれたからこの昼は買ひ置き素麺ひとりすすらむ

堤未果『ルポ貧困大国アメリカ』を読んで

陸軍製無料ゲームの〈アメリカズ・アーミー〉で若きら好戦脳に

銃社会に好戦脳をはぐくめば乱射事件のおほさは必然

銃所持が普通の民と刀さへ持たない民が同盟関係

研究室の窓ゆ見放《みさ》くる御嶽に白き噴煙　捜索つづく

めくじらを立てなさんなと言ふけれど筋なんだから譲れませんね

人の目を構ふことなくせはしなく尾ばね上げ下げ走る鶺鴒《せきれい》

浮かれたつバブルのころを思ひ出すよすがとなりたり越前大仏

うたかたの夢は消えたりシャッター街に化したる門前ひと一人ゐず

さうか今日は二十一日　日泰寺の縁日なのだ地下鉄が混む

古着屋

枝にゐてさへづる小鳥のごと君はキッチンに立ち話しかけくる

もぐりきて咽ごろごろの生き物のぬくとさうれし底冷えの夜

「しぐれつてそもそもなによ」とお握りを頬ばりおしやまがパパに聞きゐる

気に入りの場所見つけたかいづこかに今朝はいそいそミミの出でゆく

「産まない」と「産めない」の差よ一音《いちおん》は分岐でもある政治も短歌も

布団からベッドに変へて三か月落ちたはこの間《かん》一度つきりです

古着屋にジャンパー持ちゆき一分後五円もらひて虚ろに帰りき

この人の静かなる時その時は虫のゐどころ良くないのです

長男一家を多治見駅に迎へに行き

忍びより目隠しすれば六歳はすぐに当てたり「ぢいぢの手はぬくい」

咳ひとつするもはばかる全国の一斉入試の試験監督

焼跡に生まれし者のエチケットちびたる石鹼タオルに摺り込む

爆睡

階段の降り口に蛍光テープ貼るここから落ちたりしてはならぬぞ

転居した家をとび出し、帰れなくなったミミ

暗闇の隅からかすかな鳴き声が十日帰らぬミミは生きてた

痩せこけて小さくなりたる身をゆだねわが腕の中咽鳴らしゐる

やつつけで前の日つくりし詠草が歌会《かくわい》でたつぷりもてあそばれゐる

三河湾の浅蜊が今年は不漁とか

両腕でかこへる海の左腕ふところあたりの浅蜊がうまい

「今年はどう」うまの合はないあいつとも会話のできる花粉症のころ

わが怒り人より先に立ちすぎて人をぼんやり置き去りにする

忘れなく薬を飲めと夕食のおかずの横に白湯出しくるる

このにほひに寄りくる虫もゐるといふ柃《ひさかき》の脇よけつつ歩く

あと二分で始まる授業に駆けてゆく女子たち桜ののぼりの坂を

ともかくもキャンパスまでは着きまして一限授業に爆睡しゐる子

〈優秀な子〉がゐるらしい教員の世界に、何もてさう評価する

亡き父に訊きたし灸《あつつ》を頂門に据ゑさせ顰むは、なにに効いたの

梅花空木

碁を五時間打ちたるのちに読む文《ふみ》のかなは白石、漢字黒石

おつかない顔《マスク》のクルマの増えてきて道路は少年アニメの世界

定年の今期に成すべきあれこれを年度手帳の見返しに書く

人生で十一軒目の家に住む　つひのすみかや鳥のよく鳴く

いづれこの小路《こみち》を白くおおふならん梅花空木《ばいくわうつぎ》の小さきを植う

後任のことに口出しせずの律まもるもなかなか腹のふくるる

今年こそつばめ孵さむ鴉めのおそふルートにあさがほの棚

十年のわが変転に寄り添ひてミミよおまへも漂泊の猫

おほき口四つ開けたり自撮り棒のばして雛の巣のなか撮れば

巣立ちたり四羽のつばめ来春《らいはる》は南沙諸島のはなし聞かせよ

わが姓で〈妻になる人〉に署名する十三歳下《としした》　覚悟に感謝

をみなみどりご

次男一家来訪

夏の陽を背に玄関にたつ二人、　みつき見ぬ間に一寸伸びたり

利かん気な光の目をして小一は束子《たはし》のやうなる五分刈り頭

「なんでやねん」親の口ぐせそのままに二歳の女児のベイビートーク

夏の陽のさかりに舞ひ飛ぶつばめたちわが軒下を巣立ちし子ならん

穂乃ちゃん誕生

産むとふは命がけなりともかくも無事さづかりぬをみなみどりご

媼ひとりレトリーバーに引かれゐる散歩をさせてゐるのはどちら

この国を守つてくれるといふ国のこしかたゆくするゑ危ふさ一杯

何度でもおなじ話をする癖がかたみにありて天使とほらず

歌ひとつ隠れてゐたりポケットに洗濯ちぢれの箸の袋に

雨音に交じりて雀のさへづりの聞こえてけだるき月曜の朝

寝不足で教壇に立ち忽然と〈じゆんくわんき〉の字が思ひ浮かばぬ

三叉路

三叉路を左へすすめば旧道だ　左へ行かう子供のころへ

青森の駅前呑み屋の婆《ばば》と猫いまもあの世で居眠りしをらん

われと言ひわたくしと言ひ俺と言ふ　ちがふ姿が歌に立ちくる

ぢいさんのやうになつたのやうでなくまさにこの身はぢいさんである

言葉あそびのやうに覚えたみちばたの春はるじをん秋あかまんま

一首聞き「あははつまらん」妻わらふ作りはせぬが読みはするどし

あさぼらけ熱海の磯を見下ろすに岩礁《いくり》の釣り師をひろふ瀬渡し

鼬《いたち》ひとつライトの中にまよひ出で今朝は路傍に横たはりをり

あの時はああするほかはなかつたかハンドル切れどなほ近づけり

ふり向きし鼬の瞳のつぶらかに光りをりしが眼裏《まなうら》去らず

ハンドルを切りつつ祈れり当たるなと　あるかなきかの接触感あり

断捨離

まだ少しひげの感触残れるに充電ひゆるひゆる底突かむとす

三輪車のをみなご二人この猫は噛みつかないかと指さし問ひたり

ゼミ生が手伝ひくれて断捨離に容赦はなかりき、楽しく賑やか

四十五年たくはへきたるが二日《ふつか》にてあらかた捨てらる色即是空

人ひとりのハラスメントの有り無しを調べし気重な日々もわが糧

三十五年ぶりの沖縄　道沿ひの長き金網に変はりはなかりき

戦後はまだ終つてをらず一県が米軍基地《きち》の七割以上をかかへる

俺もさうまともと思つてゐたけれど三癖も四癖も持つて生きてた

去年《こぞ》の夏巣立ちしツバメらいつ帰る巣は残しある玄関ポーチに

全員の名前がわかるはわれ一人　歴代ゼミ生のつどひし写真

とりたてて成すべきことのなき日々が間もなく始まる桜花ふふみて

定年退職辞令交付の理事長室「以下同文」ではなく辞令をわたさる

夕あかね雲

２０１６～２０１９年

丘のうへ

ひとりいへに職なき昼間を過ごしをり庭とメダカと猫の守りして

職退きて転《うた》て人《びと》よりのがれしに離《か》れてしまひき良き人らとも

お前より俺が上とは思はねど頭上でカアカア鳴くは気ざはり

幾十年《いくとせ》まへの笑顔の考《かう》と妣《ひ》が古希のわれ見る写真立てから

明け方の豪雨のをめくただなかを朝刊配る原付《げんつき》バイクの音

二分《にぶ》ほどのメダカのをさな群れあそびくくく、くくくと水面《みなも》が笑まふ

ふたたびにめとりて彼《か》の世に住む人に時折問ひをり　これでいいよね

五年ぶりにまみえし骨壺しづかなり白磁にほつり花の描かれ

日進市米野木町の丘のうへ二年も住めばふるさとになる

わが丘のふもとに小さな川ありて翡翠《かはせみ》、蛍、鷺、雉らの棲む

ふつかほど鹿児島なまりで話したり故郷へ三日間《みつか》かへりたる妻

五十年

うつかりと返事をせねばひんがら目して拗ねてゐる玲音《れの》は三歳

しをり紐とてもみぢかく箸袋をはさみ読みをり図書館の本

ゆつくりとしか動けなくなりたるに時もゆつくり流れてくれる

死後と未生《みしやう》、景色はひと繋がりならむなどとふことを思ふこのごろ

「グミャン」とふ掛け声かけてジャンプする無くて七癖わがミミの癖

道端のそこここ弁当売られゐてワイシャツ出あるく長者町の昼

かゆいから掻くのか掻くからかゆいのか〈孫の手〉快感　背中の真ん中

いまはむかし昭和二年のちちははの出会ひの果てのわれ古希となる

二十四時間心《しん》のうごきを記録する小箱がひかる臍のあたりで

虫の音のか細くなりたるくさむらの草のあはひに月かげ入れり

一九六六年九月二十日父没す

「おい」とみなを呼び寄せ息を引きとりき父のあの日から今日五十年

月山

あくがれし月山《ぐわつさん》とつぜん目のまへに雪の稜線の裾ながく引き

鶴岡ゆ直《す》ぐなる街道ひたすらに走りし果てなり出羽三山神社

ほとんどの樹々に雪つり・雪おほひありて玉川寺《ぎよくせんじ》人影まばら

緋毛氈にあぐらで抹茶をゆるり飲む小春日和の庭ながめつつ

鋭《と》きこゑで小綬鶏が呼ぶチヨトコイと小寒き朝に藪のなかから

鵯《ひよ》くるをおそれて目白きよろきよろとせはしく餌台の林檎ついばむ

いさかひのこゑ立てざれば卑《ひ》の鳥と書かれはしまいに　すがた良き鳥

三本木川の堤の散歩

畑土の柔らかめききて光吸ひ畦にはびつしりオホイヌノフグリ

三本木〈駒寿し〉にて

〈のれそれ〉の正体、謂はれを聞きながら冷やの濁りを五勺呑みたり

春うらら軒の籠にてツッピーと山をこひゐる足助《あすけ》の山雀《やまがら》

「漏電がわづかにあるけど大丈夫」と中電言へり医師のごとくに

花桃

花桃は散りぎはおのが小《ち》さき実を見つつ散りゆく嬉しかるらん

ビジネス街の「おひとりさま」のお昼どき「おあひせき」にて親子丼食ぶ

シリア

表情筋のうごかぬ男がスーツ着て国くだきたり木端微塵に

大空はこの子らにとりミサイルと砲弾、戦闘機の飛ぶところ

瀬戸市美術館

花活くをこばみゐるなり宮川香山《かうざん》の高浮彫蟹花瓶《たかうきぼりのかにのくわびん》は

「愛らしき」とふ解説文に首ひねる生き物たけき香山作品

パンダ一匹生《あ》れて渋谷ゆテロップの臨時ニュースの目出たさ加減

百キロの時速を越えるあたりから旅情とふもの消えてゆきたり

「かどつこのサークルKがまつ白な箱になつとる知らんとる間に」

小一でおぼえてゐる人ただ一人ひつつめ髪の銀子先生

校庭のゴムとび遊びの白き肢まぶしかりけり小三のころ

をのこみどりご

昼寝して悪き夢見しそのあとの小玉西瓜が咽喉よろこばす

〈高橋の手帳〉の年齢早見表　明治生まれは今年消えたり

即興の冒険ばなしを添ひ寝して聞かせし三人子《みたりご》もう四十代

巧晟君誕生

世の息を吸ひ一日《ひとひ》にていきほひて足で空《くう》蹴るをのこみどりご

はるかなる高圧塔のてつぺんで鴉ひとむれ夕焼けへ啼く

〈三ケ月、体重五千グラム超、成長順調〉なんだパンダか

横浜から夕焼けきれいとＬＩＮＥ画像そのとき名古屋も西空まっ赤

げぢげぢが出たとたいそう騒ぐ妻これは百足《むかで》だ蚰蜒《げぢげぢ》ではない

名古屋第二赤十字病院

生まれつき右腎は小さかつたのだＣＴ画像に幼虫ひとつ

一センチがひとつと三ミリふたつあり左腎に真白き結石の影

右手首にタグが着けられ〈３病棟７１２室コウサカ〉となる

うら若き看護師三人《みたり》てきぱきとわれをかこみて麻酔の準備

「かうさかさあん手術をはつたよおお」彼方から声が聞こえるたれが呼ぶのか

やうやくに「は・あ・い」と返事さうなのかここはどうやら麻酔の出口

点滴とチューブと計器に繋がれて〈うごくななすなの刑〉を受けをる

姓名と生年月日を言はされぬ処置あるごとに合言葉のごと

採り出しし結石《いし》の小瓶を「欲しけりや」と石田先生置いてゆきたり

集合写真

吾《あ》と妻と子や孫答志《たふし》につどひたり集合写真のセンターは妻

㊇《まるはち》の墨書が答志《たふし》集落のそこここに八幡様なり漁の守《も》り神

重宝をしてゐるブリキのバケツなり不思議とこいつは歳をとらない

おそらくはもう会ふことのなき人もほろほろ出できて夢見も楽し

めづらしく塩野七生がいかりゐる「歴史の重さを知らざりトランプ」

愛知県陶磁美術館

寒き日は美術館が良し陶磁器を見つつゆるりと語らひにけり

別れぎは握手をすれば両の手で包みきたりき　ぬくき両の手

「村山さんになるよこのままほつとけば」妻が気にしてわが眉を切る

水甕の底のメダカよ目覚めこよオホイヌノフグリは咲きはじめたぞ

みづくさのおくにちよろちよろ見ゆるのは春待ちきれぬ緋メダカ一尾

蒲の穂の絮もとぶ風　翡翠《かはせみ》は矢のごとゆけり川のおもてを

藪柑子

入れかはり立ちかはり〈はたらくくるま〉来て小さな一軒つくられてゆく

水木しげるロード

ひそむともなく妖怪たちがそこかしこ人間どもの浮薄見てゐる

足立美術館

大観の大作ずらりの息切れをしづめくれたり玉堂〈鵜飼〉

亡き父の生《あ》れし〈魚竹《うをたけ》〉この街のいづこにありしや熱田白鳥《しろとり》

碁盤目の名古屋の街から南東へ斜めうれしき〈飯田街道〉

子のころは蜻蛉のつどひし水張田に今はつーんと風わたるのみ

戦争を繰りかへさぬやう「戦後」とふ言葉を大事にと吉永小百合

日の影をえらびて庭の草をとる蚊取り線香かたはらに置き

草抜きゐて出でたる蚯蚓一匹を土にもどしつ　やだやだしたれど

昔から私はここにゐましたと植ゑたばかりの藪柑子《やぶかうじ》言ふ

隣り家もわが家とおなじパナソニック玄関ドアが同じ音する

瑠璃光寺

なんとなくほつとしてゐるやうな絵だ茂吉の〈小草〉終戦直後の

家出せし牡猫スーちゃん五年後に野性と老いをまとひもどり来

まへ足をわれにかけきて眠るミミ猫にもあるかい老いの気弱り

アレルゲン猫はケージの虜囚なり孫の来る日は朝早くから

あきなひになるのかこれがAmazonの一円古本ちちんぷいぷい

ほこりかと見まがひたるは子蜘蛛なりただよひしのちほとりと落ちぬ

天はまだ怒りを解かず台風のあとながながと響動《どよ》む雷神《なるかみ》

あらぬかた映してをりぬあちこちのカーブミラーが大風《おほかぜ》のあと

妻と萩・山口旅行

東萩の駅前酒場の〈ギョロッケ〉とフカヒレ雑炊ぶちうまかりき

いちおしの瑠璃《るり》光寺《くわうじ》の塔見し妻は「ほおう」のほかの声のなかりき

国民宿舎あいお荘にて

この三十年わが身おほきく移れども秋穂《あいお》の海の光かはらず

液体窒素

この垣はクレマチスのもの登つては駄目だよ初雪かづらさんたち

腹へれば食はねばならず味噌汁をかけてお昼のひとり猫めし

たくまざる比喩の冴えにも惹かれつつ読みすすみをり『苦海浄土《くがいじやうど》』を

井村屋のあづきバーめがわが差し歯コキッと折りて歯抜けぢぢいに

「疣です」と女医はひたひのまん中を液体窒素で射貫きて楽しげ

そと遊びする子の声のないままに今日は暮れゆく　もうすぐ冬だ

こぞことし庭に足したり秋の色　どうだん躑躅とおたふく南天

ざつたふは神経オフにしてあゆむ行きかふ人を馬鈴薯にして

自販機で前を堅めて駄菓子屋のかど屋の爺《ぢ》さまはいへに籠もりき

駅階段いつしか手すりがはに寄り降りてゐるなり夕あかね雲

脳卒中になつたとメール、先だつてＯＢ会で語りしＦ君

紅き実のつらなり美《は》しき藪山査子《やぶさんざし》どこの野暮天「やぶ」と付けしは

ほんのりと春のにほへる三本木《さんぼんぎ》川土手あたり　二月朔日

マスターとわたしと新聞読むをとこ黙《もだ》してカップの音のしづけさ

屋久島

ああこれがホトケノザなのだ段々の小さきピンクの、蜜を吸つてた

七葉《ななは》十三歳〈くるみ割り人形〉に出演

化粧《けはひ》濃くひつつめ髪のバレリーナ近寄りがたし孫とはいへど

妻の縁者に逢ひつつ屋久島旅行

「屋久島の雨肥料入り」里芋が化けて巨大なクハズイモとなる

密林のふかき谷間を大岩《おほいは》が音たて流ると、屋久の豪雨時

屋久猿の群れ三つ四つ公道に、クルマのろのろその横ぬける

蓑虫は大きくなつたら何になる知らずに剝きさし袋のあまた

蓑虫が絶滅危惧種になつたのはわれらが袋を剝きしせゐかも

見ず知らずのはずの二人が親しげに酌み交はしゐきわが夢の中

訣れ

アレルギーを持ちつつボスをつとめゐし牝猫ラムがひつそり逝きたり

ラムの死に気づいてゐない下つ端のジャム落ち着かず　ラムがゐないよ

京都には子育てのころ十月《とつき》ほど住みしことあり少しふるさと

ゆるゆると路面電車のゆきさせし京都の街がわたしの京都

三本木新田ひらかれ三百五十年、末裔五姓が令和を栄ゆ

二百六十一日ぶりに阪神が巨人に勝ちたり令和の初戦

ふたつみつ甘えと怯えの混じりゐる声に鳴きたり　訣《わか》れだつたか

ちさきこの耳に届きしうつし世の最期の音はわが鼾かも

爪音をたて歩くゆゑ居る場所がすぐに知れたり　その音いま無し

十三年歌をつくらせくれしミミわが歌まなびと共にあゆみつ

変転の一生《ひとよ》なりしよ　野良、家猫、われにつれ添ひ転居までして

しのだの陶《すゑ》

世のはじめ
まづ森ありて
半神の人そが中に火や守りけむ
——石川啄木『一握の砂』より

着きたるは茅渟《ちぬ》の丘なり見放《みさ》きたる多島の海のはてに故国《ふるさと》

ふもとにはやまとの村と田や畑　野のをちこちに斑《はだら》のごとく

やまとでは初の窯場と長《をさ》言ふを拓かむ信太《しのだ》の森の入りぐち

土と木となだりのほど良き森の辺に村つくりたり陶工人《すゑ》のむら

鉄斧《てつぷ》にて楢・樫などを荒らかに伐りたふすとき鵯《ひよ》のさわぎぬ

窯穴をなだりの下に穿ちゆく土にまみれて目だけ光らせ

黴くさきよどみをはらひ森の風はしりぬけたり穴の貫通《とほ》りて

平らかな地を伐りひらき小屋を建て轆轤を据ゑつ手まはしろくろ

陶工房の匂ひ満ちたり良き粘土掘りきて小屋に積み置きたれば

きろろろと啼く赤翡翠《あかしょうびん》　粘土《つち》玉をろくろのうへで壺に撫であぐ

壺たちの素地《きぢ》が並びて乾き待つ乾《から》びわろきは焼くとき爆ぜるぞ

穴窯の奥に素地するゐ樫などの薪は窯まへ　ちちろむし鳴く

村長《むらをさ》の呪禁《じゆごん》ののちに火入れせり三日三晩は薪を絶やさず

火の守《も》りの三晩夜どほし窯のまへ故国とおなじ銀河のもとに

ぶおうおうと焚き口哭きて煙突ゆ炎《ほむら》立つまで薪投げ入れつ

くるひ舞ふ火群《ほむら》のおくに端座せる壺しづかなり白光りして

焚き口と煙突ふさぐ七日間　空気を絶たれ壺は化身す

鼠色《ねずいろ》の硬きに化身せしうつは炎《ほのほ》でおほきく歪みしもあり

かたち良く焼きよき器は北二里のやまとの王にたてまつりたり

身ぢかなる粘土《つち》や木を採り尽くすたび窯場を移せり森の奥へと

子どもらも五つころには森に来てあそびながらも陶工人に

森ゆけばときに狸が顔をだす捕らへて村の夕餉にせむか

もうここはふるさとなのだ　夕かげにかがよふ海面《うなも》とあはぢの島と

時の記憶

２０１９〜２０２２年

脳八合

洗ひゐる小さきあたまがわが生を統べてゐるなり脳八合《なづき》

「近ごろは元気ですか」の電話での息子の問ひにたぢろいでゐる

「早くせい」と小声するどくわれ急かす老い人よともに尖りて生きむ

ミミ十四歳《じふよん》で逝きしわが家の四週目《ししうめ》にフーちやん来たり生後四月《よつき》の

見てるからじやれてるのでなく湧きあがるいのちが君をじやれさせてゐる

いづこより来しこのいのち四つ足でわれの手かかへわれの指嚙む

まだ新婚なのにお墓や分骨のはなししてゐる、樹木葬がいいね

酔ふほどに尖りて議論せし友といまは丸まり肩よせて呑む

〈狼になりたい〉唄ひつつ走る伊勢湾岸道　七十三歳

同期会準備をこまごま指図して「疲れる男」は昔そのまま

五十年ぶりといふより新しき友得し思ひす同期のつどひ

三本木

ひとのもの買ふに惜し気もなき君が尻込みしてゐるわがもの買ふに

塔東海支部吟行——徳川美術館・蓬左文庫

受け口が好もしと思《も》へば泣増《なきぞう》は目で射貫きたりわが俗心を

細川三斎書状は行のかたぶきて墨濃淡の律のおもしろ

尾張七郡図のはじに見つけたり　わが三本木は尾張のはづれ

枯れ色の飛蝗《ばつた》ぼんやり干し物に止まりてゐたりゆふかげを受け

沢瀉《おもだか》の根方で寝ます寒いから水ぬるむまで起こさないでね

急患を届けしあとか救急車　隊員くつろぎゆるらかにゆく

べらばうに賞味期限の長き菓子〈なごやん〉喰ひて空腹まぎらす

毛糸綛《かせ》両手にかけてみぎひだり振るをおふくろ玉に巻きにき

予測可能未来といふもむごきこと孫は遭ふならん東南海地震

前期からまもなく後期にいたるわれ歩行速度を減ずるなかれ

鶴思慕の池

モリ・カケをなんとか切り抜けたる人がサクラのころは悪擦れをして

口をとぢ息吸ひ口からはきだせり長蛇の列に窓口ひとつ

自転車の荷台に乗りて抱きつきし父の背中のお灸の匂ひ

三ケ峯《さがみね》に浅葱の水面しづもりて誰《た》が名づけたか鶴思慕《つるしぼ》の池

階下より笑ひの聞こゆ夜《よ》も朝も妻のいもうと鹿児島より来て

猫が鳴きうそうそ時を目覚めたり今は夜明けかはたまた夕か

ポケモンにいまだ憑かれて幾十のスマホうろつく鶴舞《つるま》公園

全日警の男が車内のすみずみをゆび差し行きたりわが新幹線

避妊手術の痕痛くしてゆふらりと歩みゐるフー私を恨むな

里山に命をつなぎきしものを追ひはらはむと重機が待機

缶《くわん》木木《きぎ》にワ《わかむり》をしき※《こめ》の凵《はこ》　ヒ《さじ》、彡《さんつくり》にて鬱となりたり

声変り

につぽんの崩《く》えゆくさまをまつぶさに見つむる残生にせよといふのか

コロナ禍に気を取られてるその隙に緋メダカ今年も卵うみたり

少年の新《あらた》はどこかへ行つちやつた声変りして電話の向かう

チャージ額ソフトバンクに前借りしツケにてレジをペイペイしたり

鏡文字しか書けないとそのむかし電話くれし君どうしてる、いま

みづからをみじめにしたるあの秋の記憶が消せない　雀の帷子

この春の退職の人ひめやかに去りてゆきたりマスクを着けて

〈どどめきの里〉とふ三河の山奥にばばたちがゐて五平餅焼く

枯れたよな梅花空木《ばいくわうつぎ》に咲く香華《かうげ》よき人とふはあとからわかる

眉ひとつ動かさざるなり「プーさん」は闇の傀儡師　香港呑却

夢の少年

学童保育《がくどう》でをぢさんにいつも習ひゐる小五の樹《いつき》に将棋が勝てぬ

昼のいへのお守りはわたしがするのです妻が娑婆にて働きゐるから

手をひろげ電線かはして空へ飛ぶ、幾度もできたり夢の少年

墜落の飛行機にはかに少年へ機首を向けきつ、たびたびの夢

肩ほそき少女と向きあひ少年は風呂にひたりき、夕蝉しぐれ

公《こう》による住宅保障の考へのいつ起こるやら日本とふ国

子は親をえらべぬことに連動し住まひの運も親ガチャの国

亡き父母のさづかりし孫十三人　父の見しは三人、母は全員

金持ちと思ひしことなきわれの手に〈百にぎり〉とふ皺のあるとふ

闇より来て闇へと還るその途次の生《よ》と世のうつつは光の中か

小定食

角ごほりの凹みのコーヒーひとつづつストローに吸ひこの夏をはる

介護される側の良い歌さがさうか　やがてさうなるその日のために

枯れてゆく葉を病葉《わくらば》と思ひしがあれは若きに席をゆづる葉

クリスチャンではなけれどもこの曲は好きだ〈讃美歌三百十二番《いつくしみふかき》〉

虚言とは思ひながらもレポートの出せない言ひわけ容れしあのころ

昭和二十一年三月二十八日

石牟礼が戦災孤児に遇ひし日はわが生まれし日、その名はタデ子

「木のかけらか何かのやう」なタデ子負ひ泣きだしさうな道子の十九歳《じふく》

この家の犬は阿呆ぞ何回もとほりたるのにまた吠えかかる

父のをしへし生花教室のあくる日の〈菊の葉天ぷら〉秋の楽しみ

〈森の響《おと》〉とふ茶房の林で見かけたるあれは蒿雀《あをじ》だ「野鳥図鑑《アプリ》」によれば

お昼には小《ち》さなヒレカツふた切れの小《こ》定食なり〈イエローパンプキン〉の

フランスデモ

採血の止血はしつかり頼みます血液サラサラ飲んでますから

三本木川のつつみは桜みち、苗をうゑたり地元の友と

ここでさうフランスデモをしたんだよ、栄交差から大津通りへ
米軍のダナン基地へのテト攻勢、あの激戦地がリゾートいまは
千五百年前に生きゐし陶工の微笑のごとし須恵器の青照り

月の横に星書く漢字はうるはしと思へばこれは「なまぐさ」と読む

洗髪の手の感触につぶやきぬ、頭蓋が少し小さくなつたか

口にもの入れて笑ふと咳込むぞ　ぢぢのおんじきしづかなるべし

ばあさんが亡くなりおよそ一年の隣りの家で赤子泣きゐる

擬宝珠の枯れ葉の下にぎぼうしの赤芽つくつく二十《にじふ》まり三《み》つ

お前まだ生きてゐたのかはた裔《すゑ》か、ひさびさに聴く小綬鶏《ちよとこい》の声

水虫軟膏

高齢前期のこすはわづか一時間あとはあまねく〈あがり〉のわが生《よ》
もうぢきに燃やしてしまふ足なのに小まめに塗りゐる水虫軟膏

腕まくりしやすい季《とき》まで待てとふかコロナワクチンまだ届かない

庭隅のでいだらぼつちの南天をなだめて伐りたりわが背丈まで

そのむかし酒乱がをりてその友はいまや断酒の連盟顧問

さいはひにまだお世話にはならないが小銭入れにはニトロ三粒

三本木川の農道もとほれば飛びだし来たり野《の》つ鳥《とり》雉子《きぎす》

歌知りてのち再読の『白き瓶』揺籃の期のアララギ立ち来も

わが靴に移り棲みゐし梅雨どきの百足がわれの足ゆび咬みたり

命日と誕生日あふれわれわれはいま時の記憶の処理にいそがし

「ちゃん」付けで呼ぶのそろそろやめようか女孫《めまご》の成長ややおもはゆし

薩摩言葉

梟にねらはれゐるのか真夜中に山の鴉がこちたくぞめく

五つの輪いろあせ祥平ひとりだけ輝いてゐるパンデミックの夏

スピーカー機能でスマホの妻・義妹《いもと》　薩摩言葉が家にあふるる

まだ生きてゐるのと死んだ俳優が抱きあひ泣くを生きて見てゐる

いつの間にか爪を噛む癖なくなりてこまめにパチパチ切りゐる楽爪《らくづめ》

あの頃は若かつたなあと振りかへるそのあの頃は六十のころ

膀胱のなか映しゐるモニターのわが洞《ほら》ぬちは美《は》しき肌いろ

ばうばうとさまよふおのれとなりにけり二日間《ふつか》のはげしき発熱ありて

飼ひ主の異変がわかるかやんちや猫　部屋のすみから様子うかがふ

自慢するわけではあるが勝手知る病院・医院は十指にあまる

さみしさを覚られぬやう乱暴にわざとふるまふ巧晟《かうせい》四歳

ハナちゃん

サラメシの司会と雲霧仁左衛門、おなじ役者と妻は信じず

斎藤幸平『人新世の「資本論」』を読んで

先ゆきの見えざる世界に灯をひとつ点しき若き斎藤幸平

初に見る物なにならんこはごはと右前脚でつつきゐるなり

わが叩き落としし蠅を止める間もなくパクリとす猫には昆虫

子のころに厠の壁を駆けてゐた染みの犬ころいづこへ今は

ハナちゃんにこのごろ逢はぬと思《も》ひをれば散歩させゐし和田さん逝きしと

とをほどのくすりでからだを保持しつつ秋がきたから庭のお手入れ

ばうばうの躑躅や紫陽花、山法師、剪りふところに秋風入れつ

後継にアンドロイドをのこしたり絶滅危惧種のホモサピエンスは

もみぢ狩りのおほぜい行きかふ庭のよこ、修行道場永保寺《えいほうじ》は寂

吠えらるることなくなりてこの犬の顔認証がやうやく済みたり

焼き芋

薪の火に顔ゆらめける歌の友、ダッチオーブンの焼き芋あまし

関取の土俵入り告ぐ柝《き》の音《おと》は東方《ひがしかた》たかく西ややひくし

ぢぢ馬鹿が孫のピアノの発表のＬＩＮＥを何度も見てゐるあはれ

窓ちさく内の気配の洩れてこぬ家ばかりなり緘黙の街

春耕のやうにほぐせり足腰を三本木川のつつみ五千歩

大竜巻に蹂躙されし市街地に破《や》れ大《おほ》看板〈GRACE　LIFE〉

ぺちやんこの薬のチューブをなほしぼる乏しき時代に育ちし性《さが》に

混みあへるポトスの蔓をみちびきて拡げやりたり伸びゆく領分

勘八峡を見放《みさ》くる庭園《には》をもとほれば白梅《はくばい》ほろほろ散りそめにける

枯れ敷ける去年《こぞ》の葉かげにほととぎす新葉《にひば》だしをりまだら模様の

烏克蘭

息をしてゐるのかそつと確かめぬ仕事づかれで爆睡中の妻

一階の動きを布団のなかで追ふけふも仕事にでかける妻を

はづれたのが分つてゐるから音痴でも私はましと妻の負けん気

ばうばうたる烏克蘭《ウクライナ》よ街よ人よ日々まなかひに突き刺さりくる

胸ふかく忿《いか》りのをどみ溜まりゆく藁人形よ五寸の釘よ

みづからがナチになりしを言祝ぐか兵士一万ウラーウラーと

侵略をする国、民はこのやうに作られゆくのだ　かつてはわれらが

恐竜のするゑが空舞ひさまざまに鳴きてわれらを慰めくるる

鳴き声に決まりがあるとふ四十雀ツピッ・ピツーは「わたしいまここ」

あいち池に浮かぶ白島《しろしま》ちさな島、夏なほしろし鵜に集《たか》られて

喧嘩するすべを園にておぼえきて姉にちよつかい出しゐる悠《はる》くん

家猫に餌をやり家出の野良にやり生きざまふたつドアのうちそと

やきものの里に馴寄《なよ》りて暮らすゆゑ始めてみむか喜寿の手すさび

陶芸室の窓ゆ見放《さ》くる猿投山《さなげやま》いにしへよりの陶《すゑ》の山なり

跋　どちらも分る

真中　朋久

第一歌集『閃光灯』から十年。高阪さんの第二歌集が出ることは大きな喜びである。原稿を拝読しながら何度も頷く。頷きながら味読している。

一人ではゐるなと言ふあり一人して生きろと言ふありどちらも分る

第一歌集の巻頭は「病みし妻の生活をささへ添ひをれば母看るごとく思ふときあり」であった。伴侶を看取ること、亡くすことの悲しみや寂しさということは、安易な一般論で立ち入るべきことではないだろう。その後の生活も人それぞれ。独居生活を見かねての周囲のアドヴァイスに迷うのでもなく、「どちらも分かる」というのが高阪さんである。アドヴァイスする人というのは、だいたい自身の人生経験からものを言うもので、それぞれの人物像も見えてくるようだ。

昔と違って、男が家事をすることに心理的なハードルは低く、そもそも生活全般が家電製品であったり既製品や半調理品の助けを借りることもできるから、元気である限り、独居生活にそれほどの苦労はない。だから「一人ではゐるな」も「一人して生きろ」も、だいたいは精神面のウェイトが大きく、それはなおさら、その人その人の性格とかものの見方というようなことにもなるだろう。健康状態、経済状態によってもずいぶん違う。同居候補の子らの家族との関係もいろいろだ。

じつは高阪さんは研究者であって、建築学の立場から人の生活を考えてきた。博士論文は「高齢者の住宅計画に関する研究」であり、「高齢者の同別居の現状と志向に関する研究」（日本建築学会計画系論文報告集、１９９０年、４０９巻）というタイトルの論文も書いている。そういうわけで「どちらも分かる」ということには、研究者として調査してきたことの裏付けがあり、現実生活は、むしろその実践という面もあるかもしれない。

だれひとり来る人もなくこの一日《ひとひ》　一人芝居のごとく過ごせり
右前の足をテーブルにちょんと掛け刺身をひと切れちやうだいと言ふ
ひとり居の朝《あした》の儀式　豆を挽きコーヒー一杯とろとろ淹れる

じつに静かな日々。外の気配を感じながら夜を過ごす。猫が傍らにいるから完全な独居というのでもないのかもしれないが、気楽に、放埒に過ごすというのではなく、「一人芝居のごとく」というのが高阪さんなのだ。豊かな時間を自ら演出して、それをたっぷり味わう。そこにさびしさが滲むとも読めるが、作者は「そんなもんだよ」と微笑んでいるようでもある。

ＴｏＤｏのメモを無くしたこの夜はこの日の結末《けり》がすっきり付かず
定年の今期に成すべきあれこれを年度手帳の見返しに書く
とりたてて成すべきことのなき日々が間もなく始まる桜花ふふみて

立てた計画を忘れてしまうのは、どうにも落ち着かない。やるべきことのリスト「ＴｏＤｏのメモ」はどこへいったのか。忘れていることはないのか不安になる。行き当たりばったりだから計画を立てるという人もいるだろうが、高阪さんはおそらく計画を立ててコツコツ実行してゆくタイプなのだろう。「手帳の見返し」に「成すべき」ことを書いたり、間近に迫った定年退職後の「成すべきことのなき日々」を思ったりしている。実証的に調査してそこから見えてくるものを積み上げるタイプの研究者の、日々の暮らしである。

自分史を語る部分の多い歌集であるので、ことさらに作者像を云々することでもないだろうけれど「どちらも分る」は、なるほどそういうことかもしれないという想像を誘うところもある。

弟《おと》、十《とを》を三色スミレで見舞ひたる十五《とをいつ》うへの姉も老いたり

入院を他のきやうだいには伏せよとぞ兄貴の意固地病みても変はらず

「地ならしに出かけてくる」と下駄鳴らし亡父《ちち》は夕ごと散歩に行きき

〈特選〉の影には亡母《はは》のひと筆の加勢もありき夏休みの絵

病弱だった作者と年齢の離れた姉、個性的な兄や父、加勢する母。戦後の混乱期を生きる大人たちはそれぞれにエネルギッシュであっただろう。末っ子または数の多い兄弟の末のほうの立場は、大人たち、兄や姉を見ているという立場でもある。家族とはいえ価値観の少しずつ違う年長の人たちを見ながら、唯一不変の正解があるとは限らないと肌で感じてきたのではないか。

研究ということに話を戻すと、高阪さんの大きな仕事の一つが『泉州南王子村

の村落空間形成』（梧山女学園大学研究叢書、２０１６年）という書物にまとめられている。近世以前の日本の社会は、朝鮮半島から渡ってきた人々がもたらした技術によって発展した部分が少なくない。そういった技術をもたらした集団は、どのようにして日本の地に定着したのか。

研究であるから論文としてまとめて完成……と、なりそうなところだが、そうならなかった。研究対象である古代の人々が、ある意味では高阪さんに憑依をしたように紡ぎ出されたのが「しのだの陶」の歌物語である。

着きたるは茅渟《ちぬ》の丘なり見放《みさ》きたる多島の海のはてに故国《ふるさと》
窯穴をなだりの下に穿ちゆく土にまみれて目だけ光らせ
黴くさきよどみをはらひ森の風はしりぬけたり穴の貫通《とほ》りて
身ぢかなる粘土《つち》や木を採り尽くすたび窯場を移せり森の奥へと
もうここはふるさとなのだ　夕かげにかがよふ海面《うなも》とあはぢの島と

大阪府南部の丘陵地帯から西を望めば大阪湾の対岸の淡路島があり明石海峡の

向こうには、瀬戸内海が続いている。とくに渡来第一世代の人々は、晴れた日には故国を思って西の海を眺めていただろう。

資源は有限であり、土や薪をとる土地を次々に求めてゆくことは、在来集団との軋轢を生むことになる。もたらした技術も人の生活を豊かにするだけでなく、力関係を変えたりして、必ずしも歓迎されるばかりではなかっただろう。考古学資料や記録などをたどりながら、一人ひとりの働き手の立場になったり、村長《むらおさ》の目で見まわしたりしながら、論文の枠に収まらない想像を自由に広げてゆく。

このテーマの作品には、いまだ未発表の続編も構想されているらしい。どんなふうに展開してゆくのか楽しみだ。

ほかにも面白い作品はたくさんある。注目した作品について、いくつか紹介しておきたい。

われと言ひわたくしと言ひ俺と言ふ　ちがふ姿が歌に立ちくる
碁を五時間打ちたるのちに読む文《ふみ》のかなは白石、漢字黒石

呼び名によって違って感じられてくる姿。その時の思考回路のモードによって違って見えてくるもの。推敲しながらそのことを意識している。「われ」「わたくし」「俺」の並べ方、そして対句的な「白石」「黒石」も巧みだ。

草抜きゐて出でたる蚯蚓一匹を土にもどしつ　やだやだしたれど
この垣はクレマチスのもの登つては駄目だよ初雪かづらさんたち

口語というのかどうか、ミミズの様子「やだやだ」に文語的な「したれど」が続く。ハツユキカズラという植物を「初雪かづら」と表記すると、何やら人物名のように見えてきて、そこに「さんたち」をつけて擬人化するのは、いささかやりすぎのような感じもするけれど、もうこのあたりは自在に楽しんでいる感じがする。

お前まだ生きてゐたのかはた裔《すゑ》か、ひさびさに聴く小綬鶏《ちよとこい》の声
重宝をしてゐるブリキのバケツなり不思議とこいつは歳をとらない

コジュケイに「お前」と呼びかけ、バケツを「こいつ」と呼ぶ。鳥の寿命は長いはずはなく、世代交代をしていると考えるのが普通だが、まず親しみをこめて「まだ生きてゐたのか」と言ってみる。バケツも古びてゆくし、そもそもブリキ製ということが旧世代に属すものでもあるけれど、人間が老いてゆくほどにはダメージもなく使い続けている。もっとも、雨ざらしに放置すれば、たちまちメッキが剝げて錆が浮く。大事に使っているからこそ古びないということを思えば、なかなか示唆的だ。

五十年ぶりといふより新しき友得し思ひす同期のつどひ

同期といっても全員が親しかったわけでもなく、同期という縁だけで集まったときに初めて出会うような関係もあるだろう。だがこの作品は、おそらく若い頃にも親しかった友人の、新たな面を見出したということではないか。そういうことは毎年のように出会っていると感じないことかもしれない。良い歌だ。

独居であり、同居するのは猫ぐらいかと思ったら、歌集の中ほどで再婚したことがわかる。

わが姓で〈妻になる人〉に署名する十三歳下《としした》　覚悟に感謝

ふたたびにめとりて彼《か》の世に住む人に時折問ひをり　これでいいよね

新しい伴侶を得てどんなふうに変わったのか。これからどう変わってゆくのか。知識として「どちらも分かる」といっても、実際に経験できるのは、どちらか一方ということが多いが、なるほど途中で方向が変わるということはあるのだった。経験を積み重ねながら言葉を紡いできた高阪さんは、これからも、さまざまに考えを深めてゆくだろう。

実感、思索、発見のある作品を、ぜひ時間をかけて味わっていただきたいと思うのである。

あとがき

第一歌集『閃光灯』から十年が経ちました。わずか十年ですが、この間、私の身辺には幾つかの変転がありました。

まずは、前の妻を亡くしてからの一人暮らしです。その暮らしの終り頃、仲良くしていた妹の夫と、十五歳上の敬姉を次々に喪いました。大学での仕事はそれなりに続けながらも、私生活では、今ふりかえると空虚感があったようです。そうした時期の終り頃、今の妻と出会いました。そして定年までの二年ほどを、転居をふくめて慌ただしく過ごしました。

定年後は、転居後の環境への順応や、妻の二人の娘の家族との交流、それに私の子供に対する「終活」など、それぞれに目新しい課題をこなしてゆきました。その途中、私が短歌を始めた頃から可愛がってきた猫を、老衰で喪いました。現在はと言えば、合わせて七人の孫たちの誕生日や、両親と前妻の命日、といった「時の記憶」との付き合いを欠かさないようにしています。そして、親族・友人・

知人がぽつぽつとこの世を離れてゆく中、残された者として、与えられた命を活かした生活をしているつもりです。

本歌集は、以上のような出来事を背景とした日々の思いを、五句三十一音の定型短詩集としてまとめたもので、〈ひとり居《ゐ》〉〈年度手帳〉〈夕あかね雲〉〈時の記憶〉の四つの章で構成しました。加えてその中に、二つの連作の章を、箸休め的に挿入しています。

ひとつは〈春、風やはし〉です。学生時代に私は、自分が「空襲下受胎」というかなり特殊な生まれ方をしたのだ、ということに気が付きました。高校までは、まわりの同学年の多くは名古屋空襲に遭っていたのですが、大学の同期には「空襲知らず」がむしろ多かったのです。そのことから、昭和二十一年三月に名古屋の下町で生まれた自分の「受胎環境」や、「私とわが家の戦中・戦後」に思いを寄せるようになりました。この思いはその後も通奏低音としてずっと私の中にあります。そのことを題材として連作を作ってみました。

もうひとつは〈しのだの陶《すゑ》〉です。定年までの十年ほど、私はある被差別部落の村落空間形成史を研究していました。その中で、その村落の発祥伝承に心を惹かれ、これは陶工人の渡来と関係があるのではないか、と推測しました。泉北丘陵の陶邑遺跡群の初期に符合すると考えたのです。このことを素材として、小さな「歌ものがたり」にしてみたのがこの章です。

歌集のタイトル『春耕』は、この歌集の中に二首、それに関する歌があることにも依りますが、何よりも、冬の間に堅くなった土をほぐす春先の営為を、田畑に見るのが好きだからです。さあ今年が始まる、という春耕の心おどりや奮起を、少しは理解できるようになりました。また堅くなってきた自分の体と心への励ましの意味からも、このタイトルを付けました。

この歌集の解説は、真中朋久さんにお願いしました。真中さんは、私の第一歌集をいち早く読んでくださり、丁寧な感想をお寄せくださいました。また理科系歌人（?）として、人と歌に懐かしさ、温かさをいつも感じながら接しさせて頂きました。さらには、歌や連作のあり方について、直接にご意見をお聞きしたこともありました。そのようなことから、是非にとお願いしたのです。

その願いを容れ、懇切な解説をお寄せくださり、心よりお礼を申し上げます。

塔短歌会に入会して間もなく十二年になります。吉川宏志主宰の言う「コモン」

として塔は、私にとって居心地の良い結社であり続けました。人間社会ですから、いろいろな思いの交錯や軋轢があるのは当然ですが、民主的で、基準やルールが明確、かつフラットでオープンな結社であることは、他に類を見ないのではないでしょうか。そのような場にあって、私は短歌を心置きなく探求できています。大変幸せなことです。こうした結社を導いている主宰をはじめ選者の皆様、編集・企画・運営に携わっておられる方々に、改めて厚くお礼を申し上げます。そして東海歌会の歌友、交流の生まれた全国の歌友に、これからもよろしく、の挨拶をお送り申し上げます。

　最後になりましたが、私の尊敬する歌人「合歓」主宰の久々湊盈子様、出版にあたり種々有益なアドバイスをいただき、また歌稿の間違いや疑問点を率直に指摘しつつ歌集として纏めてくださった青磁社の永田淳さん、歌集の内容に沿った素敵な装幀をたまわりました濱崎実幸様に、厚くお礼を申し上げます。

二〇二二年十月

高阪　謙次

塔21世紀叢書第416篇

歌集　春耕

初版発行日　二〇二二年十二月十二日
著　者　高阪謙次
日進市米野木町北山一―四七〇（〒四七〇―〇一一一）
定　価　二五〇〇円
発行者　永田　淳
発行所　青磁社
京都市北区上賀茂豊田町四〇―一（〒六〇三―八〇四五）
電話　〇七五―七〇五―二八三八
振替　〇〇九四〇―二―一二四二二四
http://seijisya.com
装　幀　濱崎実幸
印刷・製本　創栄図書印刷

ISBN978-4-86198-556-0 C0092 ¥2500E